世间有你真好

王晓超 著

南方出版传媒
花城出版社
中国·广州

图书在版编目（CIP）数据

世间有你真好 / 王晓超著. -- 广州：花城出版社，
2021.2
  ISBN 978-7-5360-9398-0

  Ⅰ．①世… Ⅱ．①王… Ⅲ．①诗集－中国－当代
Ⅳ．①I227

中国版本图书馆CIP数据核字(2021)第008758号

出 版 人：肖延兵
责任编辑：许泽红
技术编辑：林佳莹
装帧设计：姚　敏　李玉玺
供　　图：钟耕略　陈湘波　胡　江

书　　名	世间有你真好 SHI JIAN YOU NI ZHEN HAO
出版发行	花城出版社 （广州市环市东路水荫路11号）
经　　销	全国新华书店
印　　刷	珠海市豪迈实业有限公司 （珠海市香洲区洲山路63号六楼）
开　　本	880毫米×1230毫米　32开
印　　张	6　2插页
字　　数	100,000字
版　　次	2021年2月第1版　2021年2月第1次印刷
定　　价	45.80元

如发现印装质量问题，请直接与印刷厂联系调换。
购书热线：020-37604658　37602954
花城出版社网站：http://www.fcph.com.cn

　　王晓超，笔名超然，河南舞阳人。研究生学历，硕士学位。中国作家协会会员、散文家学会会员、中华诗词学会会员、心理学会会员、易经学会会员、红学会会员、经济社会发展战略研究会会员、监察学会会员。广东省散文创作委员会常务副主任。

　　王晓超是中国传统文化和廉政文化的普及传播者。近年来他在广东省直机关、高校、企业、市、县等单位和部门举办上百场次传统文化和廉政文化讲座，受到听众一致好评,产生了广泛的影响。

作品多次获得国家级、省级奖项,著有散文集《下雪的日子》《世间日月随时光渐行》;诗集《超然轩诗札》《一壶诗情暖人生》;古体诗词选集《霁月光年》;现代诗文选《几度春来听雨声》,以及理论集《思维的回声》;专著《反商业贿赂视角下的企业监管研究》《商事制度改革与廉政防控》等。

目　录

自　序　　　　　　　　　　　　001

现代诗
世间有你真好　　　　　　　　　011
春日，小园的黄昏　　　　　　　018
春　分　　　　　　　　　　　　021
夕阳下，遇见向日葵　　　　　　024
今夜，谛听那一片湖　　　　　　026
在海边遇到耕海的人　　　　　　029
大　暑　　　　　　　　　　　　034

瞭望大海	036
夏末，珠海南门村	038
秋日的黄昏	040
告别大海	042
斜阳下，我仿佛看到一条忧伤的河流	047
月色下的军营	049
寒露微凉	051
小雪之诗	053
西湖冬吟	057
在这个春节	059
请还万物以最初的安宁	064
窗外，香樟树上的鸟鸣	066
祖国，我的感恩之诗	069

古体诗

读苏轼《超然台记》	075
贺政协第十二届广东省委员会第二次会议闭幕	076
己亥年初春广东省委首轮巡视得句	077
咏晨露	079
春日即兴	080

春夜读史	081
午后，惠州西湖遇雨	082
小鸟天堂	083
窗　外	084
祖国六十九华诞遣怀	085
西湖秋日放怀	086
霜降偶得	088
西湖秋日卯时	089
咏惠东耕海人	090
居西湖读《鹦鹉赋》有感	091
惠州西湖观百鸟归巢	092
戊戌年冬至夜语	093
元　旦	096
小　寒	097
谒叶挺将军故居	098
己亥年元宵夜感怀	099
珠海观潮	100
回故里吟怀	101
粤港澳大湾区建设感赋	102
夏　至	104
夏夜感吟	105

天涯壮心赞	106
沧海夏吟	108
夏荷感怀	109
处暑偶得	110
诗友同道珠海相遇即兴	111
开平古村落即景	112
端午缅屈原	113
谒新会梁启超故居有怀	114
战友相逢遣怀	115
珠江秋夜吟	118
秋日遣怀	119
重阳赏菊	120
秋露吟怀	121
参加广东汉剧电影《白门柳》首映式有述	122
小雪吟	123
慕尼黑遇雪	125
冬至（二首）	126
元辰抒怀	127
港城临窗观海	128
大寒即吟	129
庚子年元宵夜思	130

居家吟　　　　　　　　　　　　　132

春分拾句　　　　　　　　　　　　133

清明寄北　　　　　　　　　　　　134

清明凭吊　　　　　　　　　　　　135

垄上行　　　　　　　　　　　　　136

词

鹊桥仙·谒惠州东坡纪念馆　　　　141

念奴娇·读《东坡寓惠集》有感　　142

金缕曲·离别惠城寄贻伟先生　　　143

青玉案·元日　　　　　　　　　　144

清平乐·庚子二月二　　　　　　　145

西江月·春望　　　　　　　　　　148

采桑子·春日访花　　　　　　　　149

水调歌头·己亥年初六登白云山　　150

朝中措·伶仃洋怀古　　　　　　　151

行香子·春远夏临感怀　　　　　　152

关河令·惜春　　　　　　　　　　153

临江仙·立夏夜在海边　　　　　　155

捣练子·夏　　　　　　　　　　　156

苏幕遮·夏雨	157
卜算子·知夏	158
定风波·从戎感赋	159
沁园春·九日赏菊	160
踏莎行·惜别珠海	162
临江仙·湖边秋韵	163
念奴娇·中秋	164
喝火令·三十年同学相聚	165
卖花声·立冬感怀	166
渔家傲·歌德故居吊文豪	167
捣练子令·冬夜维也纳听小提琴	169
水调歌头·访三亚鹿回头	170
庆春泽·春节	171
长亭怨·灭冠疫	172
鹧鸪天·春殇	173
水调歌头·读《卜居》有怀	174
行香子·我的诗心	175

后记　　177

自　序

自从与诗词相遇，便开始了一场没有终点的跋涉！

最初喜欢诗歌，只是因为它叫"诗"，是想象中代表理想、纯粹、高尚、风花雪月等一切美好事物的总和，是少年懵懂悸动之心的代名词。从最初的盲目喜欢，到后来探寻路上，我愈发感受到写诗是一种寻找远方的过程。远方不是地理位置上的标志，而是出于一种对更理想的生命尊重与完成而产生的愿望，是一种深层次的自省与自觉。

2004年初春，一个偶然的机会，我在北京认识了几个文化界朋友，其中有《红楼梦》编剧周岭先生。我记得当时他们几个文人雅士互相赠诗。印象中周岭先生的诗是《登泰山》。交谈中我也谈及对诗歌发展的一些看法，尤其是中华诗词的传承以及新诗的发展方向等。听后大家很惊讶，周岭说我对诗的研究达到了一定高度，建议我将平时写的作品结集出版。回来后我就开始整理发表过的作品，并由花城出版社连续出版发行了《下雪的日子》《超然轩诗札》。一个人能够走上文学创作之路,其实是一桩值得考究的事情,也许只是个偶然,抑或是一个际遇。我想到古代的文人雅士,天南地北,四处游走,在创作中去寻找另外一个处境相似的人,如李白、杜甫、高适等唐代诗人皆是如此,最终达到同气相求,为文成友。文学的伟大之处也许就在这里,它在塑造我们自身的同时,也为我们塑造了这样一个或一群精神伴侣,让我们在茫茫时空中成为一个彼此接纳的群体,一个通过文学传递精神正能量的群体。

一直以来,我通过发表诗歌、散文,以及讲授国学等,影响和启迪一大批文学爱好者,我也乐在其中。这本诗集是继《一壶诗情暖人生》后,收录了我从2018年7月至2020年6月的作品,共102首新作献给读者。众所周知,2020年初春,中国大地乃至世界遭遇罕见的重大疫情。在举国上下抗击新冠疫情之际,我也表达出自己一个微末如星火的愿望——用诗歌赞美抗疫者前赴后继、扛鼎逆行的奉献精神。在这场突如其来的灾难中,人性的光辉被彰显,中国制度、中国力量、中国速度、中国精神、中国智慧、中国品质充分体现。这些在影像中被具体化,也在我的笔下被记录,并以诗的语言方式定格成为永恒的纪念。

如何从诗人的个体出发抵达普遍的"诗性正义",磨炼的是诗人的政治品质和综合处理能力。我从突发的灾难事件着手,揳入人类生活的内部,贯穿其中的精神底色还是人文情怀。这种介入性通向的是人们更广阔的现实生活,在个人体悟和人类灾难乃至时代难题之间,需要诗人在触及本质时考虑字词的及物性。比如我在《世间有你真好》中写下了这样的诗句:"中华民族经历了五千年血与火的伟大洗礼/山岳巍巍,铸就了我们的刚毅不屈/江河泱泱,汇就了我们的大爱无私/此刻,我们正沐浴在新时代的春风里/每一个人,都是祖国的一部分/每一个人,又都代表着一个完整的祖国/党中央的坚强领导运筹布局/在大难中彰显了制度优势/在大难中彰显了道德仁义/在大难中彰显了民族豪气。"(2020年3月20日发表在《南方日报》)站在不同的角度和立场,对这场灾难会有不同的感受。对于我来说,我关注的是国家民族的命运,当然也关心每个具体的人。在抗击疫情的全民战争中,每个人都有值得留下和铭记的人生经历与感悟。

我认为自己应该作为一个忠实的记录者来凝视时代,讴歌时代,反映时代。这是我写作的内在动力,也是我的使命,更是这本诗集的主要主旨;进而反映了我诗歌创作的理念和动机,印证我历来主张的为诗为文的当代性和历史感。

在此,还有必要谈谈这本诗集的特点:一是关注同胞。"感人心者,莫先乎情",惦念生活,关注同胞的作品,往往直抵人心，引发读者共鸣。在灾难中"哀民生之多艰"，歌咏平凡大众的疾苦悲欢，赞美时代精神，始终是我诗作的重要内容。作品中所有为同胞的书写，最终所反映出的，还是对点滴细节的情感和哲思提炼，它始终在表达传递我内心深处对同胞们守望相助，温暖守护的微光。

二是钟情万物。在我的作品里，天地万物纷呈雄浑蓬勃气象，充分展现和表达了人与天地的一体关系。山水更像是延展和发散出去的一种精神，这种写作方式氤氲着人与万物同生共长的崇高境界。基于见山水而触景生情的抒写传统，我尽力去重塑一个古典表达者的形象，我追求大自然原生态的美学，这让我的诗在抒情感化的字里行间更具启蒙意味。

三是旨在当下。写景写物启迪人心，说古谈今，旨归世事，是我写诗的主要原则。总之状景必及人，咏古必启今，这是我写作的原则。我从不去追求"词生词"的单向度循环，而是追求有精神来路和文化底蕴的创作。

四是源于生活。我的作品都与自己的人生、事业乃至人类、国家、民族、自然、人性等紧密相连，寄托家国情怀，决不无病呻吟，把对国家对民族对百姓的爱用诗的语言具体化。同时也写出了人世的不易和艰辛，还表达了人与自然和谐共处的重要性。这并非我面临人类灾难的产生的绝望之感，而恰恰是悟出了只有在向死而生的维度上,悲悯方是有价值的。

五是词根新颖。我坚持自己的语言密码,在遵循语法规范的情况下,拥有一种重构新颖的、鲜活的、异质的话语能力,力求在字里行间提供多维的角度、丰富的弹性,有时形成一个只可意会不可言传的奥义,甚至有时还会给读者带来一种梦幻感的美妙。当然,驾驭美好语言,必须找到精确的词汇方能达到至美的效果。我一直在探寻着,尝试着,坚持着。

欲从字句寻深味,先读诗人初始心。这本诗集收录的诗词不一定都是佳作,但诗人的内心是真诚的,情怀是炽热的,能量是向上的。我一直坚持写作,因为事业和爱好是相得益彰的。不管事业取得多大成就,工作多么繁忙,我都在创作的道路上奋然前行。我写下多少首诗,就是多少次跳出庸常去追求美好和远方。我的每篇作品都经过反复斟酌和推敲,有时自己认为非常满意的作品,好像已嵌入自己的生命里,无法丢弃,闲暇时会反复品味,再三欣赏。我甚至想,好的作品如茫茫世界中一颗冰藏凝固的种子,不会凋零,等待某一日盛开出鲜艳的花朵。

临了,我还想说的是,诗词让我感受到人性最大的善意和最深的美好,并温暖、激励着我继续前行,以接近、达到"文化自信""文化自觉"的境界。未来,在继续寻求超拔之道的过程中，我遐想着，这些文字刻痕是永久的，总会有同气相投的人，频率相同的人，在无数个寂静之夜，欣喜阅读。

是为序。

2020年8月6日于广州超然轩

多少个场景和画面被岁月抖落，唯心里留得这镌刻般的明亮。

钟耕略 《英雄交响曲》 135×200cm 油彩 麻布 2016

现代诗

世间有你真好

在世间,迎送了多少风风雨雨

我始终在生活的易与不易中

保持着微笑

多少个场景和画面被岁月抖落

唯心里留得这镌刻般的明亮

今天

我想做个忠实的记录者

将发生在世间感人的大事记录下来

无奈诗章太短

只能放弃情节,专注于精神层面的记忆

因为世间的一些美好正被唤醒、被传颂、被享用

己亥冬,庚子春

季节正在交替

新冠病毒蓦然暴发,荆楚大疫

湖北乃至中国大地

瞬间进入忧伤的年谱

在这危机时刻

无数个白衣战士，扛鼎逆行奔向楚地

你们说

"我们是白衣长城，拯救生命，打好防疫保卫战是我们的天职"。

共和国奋力前行

因为有医德医术医护淬炼的这个顶天立地的群体

是的，你们无私奉献冲锋在前

有的已经在这场战役中献出了宝贵的生命

但没人退缩，没人畏惧

你们就像是黑色夜幕下

那轮普照大地的圆月

永远亮在人们的心里

医者仁心大爱人间

人们感激地说："世间有你真好！"

以此崇高的赞美回馈这个高尚的群体

我还要赞美一个伟大的群体

每当国家、民族、人民处在危难之际

你们总是赴汤蹈火,前赴后继

百姓深深地依赖你

因为你们总能为民众遮风挡雨

你们是伟大的人民军队

更是人民的子弟

你们在祖国的大地上

挺起钢铁般的脊梁

树起最美的榜样

你们是"若有战,召必至,战必胜"的英雄儿女

"世间有你真好!"

这就是百姓的由衷赞誉

我还要赞美一个坚强的群体

你们是人民信赖的柱石

在这场保卫战中

为了国家,为了民众

你们维护着社会治安

守护着社会秩序

使神州大地平安稳定

举国上下有序防疫

是你们吟啸天地间
衔命奔东西
"世间有你真好!"
民众永远记下了人民警察的无畏无惧

我还要赞美心有群众坚守基层的"领头羊"群体
这是一个特殊的群体
看泱泱大国的每个城市社区,浩浩神州的农村基层组
　　织
为了打赢这场人民战争
你们各自编写着一方水土护一方人的网格故事
在农村,人们聆听了大喇叭里传出村支书抗疫的浓浓
　　乡音
在城市,人们感受了为安全防疫而实施的小区封闭管
　　理
"世间有你真好!"
人们不会忘记这最贴心的基层党组织

我还要赞美一个以速度和力量闻名于世的建设者群体
为让患者尽快得到救治

"火神山""雷神山"医院瞬间建起

十天啊短短十天

你们闻令而动,夜以继日

书写着对党和人民的忠诚

展现了新时代建设者的担当和豪举

这就是中国速度

这就是中国力量

这就是中国奇迹

让全世界伸出了佩服的大拇指

"世间有你真好!"

人民纷纷点赞和致敬着你们的了不起

我还要赞美无数不知名字而令人敬佩的社会个体和群体

也许你在草原他在戈壁

或者你在平原他在山区

神州大地上处处在捐物捐资捐心意

你们倾尽自己的微薄之力

虽然这平凡如一滴水一粒沙之举

却折射出中华民族的高尚品质

"世间有你真好!"

这就是有信仰有大爱善良正直的中国人的写实……

我还要赞美和记住海外赤子

这是个心心相印的群体

当祖国有难之时

你们把报国之心投寄于专机

跨越万水千山,载回殷殷的情谊

"世间有你真好!"

你们何时何地都忘不了身上流着炎黄始祖的血液

中华民族经历了五千年血与火的伟大洗礼

山岳巍巍,铸就了我们的刚毅不屈

江河泱泱,汇就了我们的大爱无私

此刻,我们正沐浴在新时代的春风里

每一个人,都是祖国的一部分

每一个人,又都代表着一个完整的祖国

党中央的坚强领导运筹布局

在大难中彰显了制度优势

在大难中彰显了道德仁义
在大难中彰显了民族豪气
这就是中国智慧
这就是中国精神
这就是中国品质
"世间有你真好!"
这就是祖国和人民的名义

春日,小园的黄昏

火红的夕阳从西边的天际上,渐渐收拢了翅膀
旋即化为轻盈的彩霞
装点这春意盎然的园子

我漫步春日的小园
一群花尾鹊刚刚从远方回来
立于金银木的枝头上,忘情歌唱着
我不懂鹊儿歌唱的含义
只是从它们欢快的神态中,看出鹊儿的惬意
也许是在相互报以平安
也似有美好的事物来临
我这种假设和愿望
随着春天在生长
扩散到那蓬勃生机的远处

伫立在园子的高处

望着最后一抹斜阳

它和黄昏携手

把小园中的凉亭、弯道、树木、花草瞬间涂上了红光

我来不及细细打量

那朵朵绽放的紫荆、杜鹃、串儿红

还有那几棵硕大高昂的木棉

春雨后疯长的青苔、小飞蓬、蒲公英……

春风中小园的黄昏是迷人的

一簇簇美丽的花儿

在绿叶的陪伴下争奇斗艳

池子里时隐时现的鲤鱼

摇摆着红不尽的美尾

向睡莲的怀中游去

我已习惯了欣赏

对鱼儿的影子、时光的影子、万物的影子，包括我自
　　身的影子

我对影子的兴趣

丝毫没有影响我对事物本身的认知

正如在关注一棵树干上虫洞的故事时

我不会轻易认为它只是一棵树的故事

我会举一反三检查整个森林

是的,我习惯了从细节和现象看本质

春日的黄昏微风徐徐

时不时还摇动枝叶给鸟鸣加上一节颤音

一洼湿地的草丛中传来平平仄仄的蛙声

隐身在四周的虫儿也加入了喧嚷的大合唱

在美妙的节奏中

夜幕降临了

我深知,当夕阳给万物披上霞光时

我的心和身体,像吸足了光明的容器

对黑暗,有着足够的准备

那就是毫不畏惧

春　分

这是崭新美好的一天
太阳红着脸从东边窗格子间升起
多彩的蝴蝶翩飞着
　露珠在草尖上做着春梦
青蛙跳过弯道，哧溜一下钻进草丛

绽放着笑脸的杜鹃花
像昨晚大海上清清浅浅的月亮
花雀鸣唱，一行白鹭无声远去
天空湛蓝，没有杂质

春分的来临越发突兀
来不及细看她明媚的身姿
而万物大声宣告她是清新的
你看草色青青、花儿红红、柳叶翠翠
如此突兀，仿佛从未经历过轮回

每一次,我都用自己的方式——写诗来迎接春分的来
　　临
节气昭示着时令的变化
带给我们的总是全新而喜悦的日子

不信你看,我们喜爱的一切
还有这个三月,大地开出花朵和春天
花草的芳香随着春风沁入呼吸
使身上的每个细胞毕剥绽放
五颜六色装点着世界
欢声笑语浮动着人群
在春天的怀抱里
我心花怒放地聆听着百鸟的歌唱
仿佛它们不是从枝头之上
而是从春天的肺腑传来

这个春天
我和她并肩站立
感受到的是向上的维度
温暖、清新、欢快、舒畅

我走在路上
有一片绿叶飘下
轻轻拍打着我
亲切告诉我
在这最美的日子里
莫负春光,向着远方前行

夕阳下,遇见向日葵

一个周末的黄昏
太阳红着脸急匆匆赶往山的那边
一群向日葵把金黄的小脸扭向一边
它们就像田野上一群无人照看的孤儿
足以令人心疼
只有沐浴在阳光下,它们才有容光,才有笑脸,才有
　　希望

此刻,落日的余晖无法慰藉它们
它们只好和月光进行另一场约会
但那是多么不情愿啊
错轨的荒谬
给它们带来无比忧伤
但众生度日,万物生长
有些无奈的错置就是生活的常态
向日葵也不例外啊

落日轻轻翻了一个身，转眼不见了

几个光着脚的孩子正沿着五彩路向村庄跑去

炊烟在诱惑他们

母亲在召唤他们

而我，依然伫立在预示着五谷丰登的五彩路上

试着把身体里的太阳

挤出九万份

分给那低着头的可怜的向日葵们

今夜,谛听那一片湖

今夜,惠州西湖

这湾轻柔、安静的湖

在我身边躺下

我无法入眠

循着湖风吹拂的方向

我隔窗而望

湖的岸边

灯光低眉顺眼,远远的

我就爱上了她的某种婉约

但我却说不清她的具体模样

湖和夜都是静的

恰似传说中

泛舟湖上的东坡先生眷念的

朝云姑娘含羞的脸

湖水的细波似在轻轻低语

醒着的灯塔、缥缈的岸柳也在低语

我虽然是一个过路的远客

此刻，在这深深的子夜里

听这美丽的西湖喃喃独白

远处，西山上的泗洲塔

近处，横卧碧波的苏堤也醒着吗？

我听见有三两声湖鸟的啼鸣

仿佛我故乡屋檐下

隐隐传出儿时的呓语

听，我的呼吸和心跳

一如身边轻轻的湖水的律动

岁月有从容之美

尘世是宽阔的，也是斑斓的

但事物本身很沉静

就像今夜这风平浪静的湖面

轻轻进退，慢慢迂回，有几处闲笔

今夜，有一种温柔的凉意

弥漫着秋的心思

在湖面上跳跃

多少年我一味固执地爱上夜色

夜色下心亮自明，无须秉烛

此刻，也同样爱上这湖边的夜色

就像我莫名地爱上这座小城

不是因为孤独

而是她有一种大爱的诠释令我感动

听：惠州，惠民之州！

关爱民生的广告词

这是多么暖人的心语呀

一声又一声

悠悠回荡在这夜西湖的上空……

在海边遇到耕海的人

春日的一个周末,夕阳西下时

我在海边的浅滩处独自漫步

那天没有风,海水露出少有的温和

缓缓悠悠地流向岸边

远处的帆船

就像一群白色的海燕

数数点点,轻若天上飘落的白云

在浅浅的海滩上

礁石显得那么坚固、神秘

走近细瞧,粗犷的腰身上镌刻着斑驳沧桑

放眼远眺

大海的牧场辽阔而丰盈

在这里寄托着耕海人的希望

我在身心疲惫时来看海

想从大海身上吸取能量

因此,我的目光紧紧拥抱着大海和远方

蓦地,发现远海的尽头

正闪烁着微弱的光芒

我明白,那是海上指引方向的灯塔

有了它,耕海人就不会迷失方向

夜幕降临,船儿归航了

耕海的人们拉着渔网

裤角卷得很高很高

脸上露出收获的微笑和安详

我兴奋地迎向前去

问询那袒着胸襟的老人

他说:我年轻时耕海

现在还在耕海

他很自豪地重复着

生活就是一个循环

造物主的美意我享受了

走过的岁月是最好的岁月

现在的日子是更好的日子

耕海人的豁达、思辨

令我肃然起敬

耕海人的生活是危险的

危险中去创造幸福的乐章

多么了不起的汉子啊

在他们身上，彰显出中华民族生生不息的力量

人间的一切安排就是乐章回旋

在他们的生活中

因为舷窗之外

的确没有一个可以与大海相抗衡的故乡

正像群星庄严地各就各位

耕海人的梦想

永远是湛蓝神圣的海洋

我不想把所有感悟都写进诗里

那宽阔的留白或许更能令人遐想

此刻,我心里只有一个理念

大海就是一本还未拆封的书

耕海人是页码

海岸线是镀金的边儿

帆船是封面上的点缀

内容比海明威的《老人与海》还要丰富漂亮

大海——这本大自然创作的博大书籍

正等着人们去拆封

去探讨,去欣赏

我也从大海的明澈淡远、辽阔奔腾中

获得了人生蓬勃向上的力量

钟耕略 《日落》 30×40cm 油彩 麻布 2017

大　暑

"大暑"来了
这是夏季的最后一个节气
对于这个酷热的节令
一直疏于打理
我诧异,路边的老柳
屈身于伏天的烈阳
它吸取的热量
高于我内心的火焰

一个对于五谷似懂非懂的人
今天,在这缕缕书香中忏悔
羞谈时令、庄稼、收成、乡村
而爱心弥漫的乡愁啊,却又超出今天大暑的热度

万物生,谷物长
春已去,夏登场

这一切都是大自然的恩赐
我只能感恩、顺从、尊重自然
还能写些什么呢
但我深知
今天要写大暑
就必须先写下一个怀揣桑梓的人
那内心深处清清浅浅的忧伤……

瞭望大海

我爱这一眼望不到边的辽阔
如醉在畅意的蓝色梦境中
我爱这舒卷自如的不倦波涛
如千军万马奔腾中的磅礴
倒一壶时光与大海对饮
淡淡的回忆如浪花飞溅
悠悠往事不必挂怀
浅浅地记得就好

远眺大海,令人心胸豁达澎湃
超然绝美的蓝意
这是最纯净最亮丽的诗篇
激情充盈了我大海般的度量
当我透过眼前湛蓝海水的诱惑
当春雨潇潇缠绕长夜漫漫
我拾起那最遥远最美好的记忆:

望着夜空，露出微小的抒情

也许是心花怒放的陶醉和遐想

正像这漫无边际的大海

弹奏出浪花飞舞的韵律

多么永恒而欢畅啊

春风轻拂，且吟且行

我喜欢深邃与广大

更喜欢辽阔和苍茫

岁月诠释着我对万物的爱

正如我们心中爱着的

多么宽阔的海洋

多么蓬勃的生命

多么美好的人间

多么神圣的事业

哦，大海啊

我会像你一样

展示着这从容、淡定、大气、明澈、淡远、清凉的
　　人生

夏末,珠海南门村

夕阳洒下的金色碎片在榕叶间闪跳
南门村头,那湾湖水之上的金荷
鲜艳的、明媚的,涌进我的眼帘
它们在高温的水面上开了一个夏季
但它们的身姿依然散发着蓬勃的力量
它们在摇曳的回声中幸福地啜泣

我从村头那古杉木吊桥上进村
此时,夕阳移出村落
留下一个新的横截面
红灯笼悬在木门上
厚重苍凉的铜环
叠出久远的折痕

空气里似乎隐约飘荡着历史传说的气味
我抛下了观念和形式的限制

因为知觉引导我

这里隐藏着久远的史事

我复制起记忆的标本

看到了这里聚集着宋朝帝王的后裔

也仿佛看到了陆秀夫抱着小皇帝投海时的壮举

数个朝代以来,古村落弥漫着生死沉浮

今天,我们在此零距离凝望

拾起那些脱落的记忆和重复描述的故事

如今,用旧的江山已逃遁无踪

新时代乡村振兴,乡愁如寄

古村落的历史文化遗迹

随着开发利用有了新的祈祷和安顿

在这里,护村河的流水向内弯成了一个弧度

蓼花浮漾:红色的微光闪动着南门村人们的希望

这希望,就是慰藉,就是力量,就是美好的明天和
　　远方

秋日的黄昏

远山的影子被奔走的河流收藏

秋天的一个重要节气——寒露

正在赶往南方的路上

而此时,黄叶正小心翼翼地东张西望

一不留神被风吹向远方

静默的村庄坐卧在夕阳的怀抱里

田野舒展着暗淡空旷的翅膀

我走在秋天的黄昏里

看雁阵漫过头顶

在低空中鸣唱

近处那湾小溪的腰身

又瘦了一圈

清澈的纹路在迂回中略显悲怆

秋风推开虚掩的门扉

让秋天进来歇歇脚

它带着黄昏的金色，果实的馨香

还有秋蝉的老腔，似炊烟袅袅

一浪高过一浪

它们的歌声

热烈中包含着喜悦

呼唤出一片宁静霜花的星空

仰望星空

我的新诗又从希望起笔

外溢出情感的元素

在美好中去表达

是最丰沛的流淌

告别大海

明天,就要告别

告别这澎湃辽阔的大海

而今天,傍晚的海面出现了粉蓝色

有点稚嫩,有点轻飘

有点不真实

但这个时刻终于来临了——告别的时刻

心有不甘的我们

都将留在依依不舍里

我们的心情

正如这大海一样难以平静

我们奔走,我们燃烧自己的情绪

是啊

三个月与大海相拥相处的日子

耀眼的浪花跳跃着、弥漫着、欢呼着

我们的心也清澈着、圣洁着、激动着……

当太阳从东方海平面升起

它是最庄严的帝王

它的早朝光芒万丈

它是那么热烈、感奋、夺目

让人们看到新的希望……

当月亮从海水里偷偷站起

它那银质般的笑脸闪烁着柔和的光

这光漂浮在水面上,多么令人陶醉呀

这美丽的命中之月啊

引诱着我们蓝色的梦想……

明天,就要告别

但大海的气度,大海的苍茫

大海的淡定,大海的宽广

已成为我们人生蓬勃的正能量

明天,就要告别

而大海的自然之美,已经令我们无上愉悦

当然,它不只是美

还有一种静化万物的魅力

迅即,笼罩了整个人间

明天,就要告别

三个月我们精神燃烧的部分

已经开始发芽、生长和开花

大海做证,在这个海滨城市

我们已竭尽全力

拂去积存多年的尘埃

明天,就要告别

这一刻我们知道了为什么要有天空

当太阳升起,这种盛大

必然有辽阔作为背景

当然,大海的苍茫和盛大也来自我们的内心

明天,就要告别

新的远方正在召唤

因为我们是一个负有使命的劲旅

我确信,这豁达的大海

将承载我们希望的梦从明天的晨曦中起航……

钟耕略 《沙梨涧》 45×60cm 油彩 麻布 2014

斜阳下,我仿佛看到一条忧伤的河流

秋日的斜阳下

清冽微凉的空气中氤氲着黄昏的霞光

在喧嚣的都市街头

几个裸着上身的园林工人在挖一棵老树

他们拼尽全力

挖出了肥油油的土虫、蚯蚓

以及四处逃窜的蚁群

泥土的伤口里仿佛涌出一条忧伤的河流

我被带入其中

有点悲伤,这受伤的心永远无法熨平

巨大的树冠在颤抖

叶子含着泪纷纷跳下

但他们毫不在乎,还兴高采烈

他们并非在挖一棵树

而是在挖一段难忘的世间光阴和城市的美好记忆

一瞬间我的心也被挖空

再看看街上的路,好好的却填了又挖,挖了又填

生活中,我曾无数次

像今天一样,与低处一些困惑的事物相遇

心里总是这样疼,那般酸

静默中,我该做点什么

我愿化为火焰,毫无保留地燃烧

烧毁生活中的污浊

烧毁官僚主义、形式主义的观念

这虽然是悲悯的救赎

更是杯水车薪

但我要竭尽全力去慰藉百姓心中的美好期盼

月色下的军营

月色在生长
拱起的林影
拎出山谷的柔情
凝为一体
山峦和旷野间的军营
让一个个威武的年轻身影扑向温暖的怀中

月亮照在山谷的脸上
熄灯的号声划破寂静的夜空
军号、军旗、军装是战士心中的图腾
为了祖国忘记满身的疲惫
脸贴在军被上入眠
呼吸中透出青春的梦想

此刻,远离了神圣的军营
此情可待成追忆

军人的经历足够我回味终生
回忆中我牢记,在没有硝烟的战场上
今天我仍然是肩负使命的一个兵

寒露微凉

时间指向秋天

昨日,重阳的影子已经隐形在秋风里

今天,寒露急匆匆赶来了

在秋天,所有的事物都会被一阵突如其来的风吹凉吹
　　冷

归巢的鸟儿也不例外

看,黄昏时它们已经开始抱团了,因为真的有点凉意

辛劳的人们从田野赶回

我知道,炊烟就要升起

在微凉的寒露时节

你赏菊,他种豆

我依然是种植诗歌

让诗意蓬勃绽放、绵延不断

当露水滴下清晨,星光带回夜晚

我倾听诗的心跳与美好

寒露已经来到珠江两岸

秋的情愫已经种进诗人的梦里

不用挑灯夜看,也无须任何修饰

诗和远方其实都活在一场场朴素而真实的情节里

关于季节,关于生活以及更高远的梦想

只需就着一壶烈酒和半盏老枞

用飞翔的文字写出骨子里那铁血柔肠

写不尽季节更替、气象万千的自然之光

也写不尽大地上处处盛放的草木之香

更写不尽前行者闻鸡起舞,一路奔波的两肩风霜

今天是多么美好的一天啊

这日子需要赞美

这时代需要赞美

这世界需要赞美

因为一切美好的事物都需要赞美的华章

小雪之诗

"小雪",这个高洁典雅的日子
随着这个新来的冬日降临了
我似乎听见它温情地叮嘱:
"你好吗?要记着添衣。"
一棵古柳在西湖边亮出了黄叶
它用油彩写出了印象派诗句

在缭绕着轻雾的宁静湖面上
湖水辽阔,向远处的深邃里漫去
我立于岸边
凝望着湖面,一如往日所有的凝望
我也听到自己的心音:"小雪来了,
一年一度,而今年我在哪里?"

我深深知道
无数个日日夜夜

我都在天南地北地风雨兼程
每天，当我从晨曦中醒来
霞光照在前方的地平线上
我怀揣着信仰
向着美好的未来启程

当夜色在疲倦中降临
我仰望北辰
遥望那夜空中永在的庄严和明亮
一次次地仰望
令我生出念想
即使在漆黑的夜里
心中也会有一个纯正的方向

而今，祥云微度，天空高远
就像亘古中的每一天
而我，在这小雪的节气里
更忆念那白雪皑皑的大平原
那里有我儿时雪中的脚印
有原野上的洁白盛典

还有鸟儿偎依，人们雪中相濡以沫的景象
一切生灵，都在簌簌落雪里
感受静美、聆听软腔

雪儿是圣洁的自然之光
它给人以启迪
它给人以遐想
它洁白着世间万物
它纯净着人们的思想

作为人性之光
那就是忠诚、担当、干净、善良
不是吗？
请看中华民族的世代贤良
在这令人思远的日子里
我无法控制对时空的跨越和想象
虽然诸物渐远
绿叶变黄
但在我的心里
却升腾着炎黄子孙必须有的光明和希望

光阴如斯,不停流淌

人世之春就在远方

季节轮回,永续永存

在大自然的公正见证下

人间定会正气满满,阳光向上

而来年的小雪之日

我又在何方?

西湖冬吟

有了苏东坡,惠州西湖如诗
吟醉了冬日的岸柳和行人
这朔风中的西湖
依然荡漾着细叶榕的初恋
湖面上晃动的塔影
盛满了宋代的风华和儒雅

是夜
我乘着一叶扁舟
穿越孤山脚下的平湖
准提寺的灯笼照亮的点点相思
闪烁在苏堤边柔软的枝条上
玉人的箫声吹散了缠绵的白浪
溅满有心人一身的洁白

小舟停泊,我徘徊在苏堤上

怀着对苏公的崇敬、神往

心绪被湖水扬起波浪

满目的诗刻

筑起了韵律文学的经典、幽远和生生不息的力量

这是多么激动人心啊

我心中的诗林又多了一片葱茏

用大爱和情怀筑起的苏堤啊

条条麻石都在述说着苏公的故事

朝云姑娘的不合时宜

人间的酸楚、沉浮、晴雨

夜和昼的延续

人生的悲悲喜喜

此刻，我已被苏公的精神境界所感染

灵魂的透明已撒满无染的圣洁

我不期待天边的彩虹向我飘来

唯愿心中有诗和远方

让思想的原野永远充满阳光

在这个春节

时间指向庚子年的春节

一场突如其来的病毒

袭击着武汉乃至神州大地

人们还来不及思考

便陷入恐惧、抗争、隔离的旋涡……

阴霾掠过我们生命的上空

喜庆的节日笼罩着凄悲和抑郁

看,群山在月影下沉默

万物在夜色中肃穆

所有的街市一片静寂

这个节日不宜外出

大部分人把自己关在屋里

就像春蚕那样活在茧中,不再受伤害

而有的生命已被病毒侵袭

正接受着白衣天使的救治

疫情紧急,拨动着人们的情绪

而今，死去的中断了生存的机遇

活下来的并没有因此让活着变得更容易

劫后重生的人们啊

开始谨小慎微地生活

把生命的意义重新作为人生的重大命题

灾难使人们明白了一个道理，名利得失在生命面前都显得不足挂齿

病毒的疑点像乌云慢慢散去

生命遭受重创后人们开始思考另外一个命题

粗茶淡饭和自然万物之间

前者走向生，后者通向死

是该抉择的时候了

在这噩梦的低凹处

喧嚣停止，繁华落尽

人们必须面对灾难，唤醒自己

欲念若依然悬停在自然万物里

人的灵魂便荒腔走板

人类将会在地球上消失

反思，反思

很多人皆有灾难的原罪啊

俯首反思中，人们愿重新剪掉脐带

生命之甜，生活之甜便从我们的咬痕中救赎自己

当太阳在明天的晨曦里隆隆升起

草木的枝头依然会映出明媚的春意

万物各就其位，春天还是那样绚丽

天空的云朵仍怀着洁白的心事

你也揣着喜悦心情去见你想见的人

去做你要做的事

但人们一定要刻骨铭记

四季更替是宇宙的法则

草木枯荣始见生命的真谛

人与自然和谐相处

才是人类生生不息的根基

此刻，我相信

阴霾很快就要过去

人们将重新生活在万物繁茂、花草欣喜的灿烂世界里

钟耕略 《扇形的变奏》 135×200cm 油彩 麻布 2013—2014

请还万物以最初的安宁

我伫立在旷野上

旷野被风抚慰

斜阳照在我的双肩上

没有蝶飞蜂鸣

旷野安静下来了

这是少有的宁静

我爱你,静寂的旷野

我爱你,黄昏的霞光

当夜幕降临

我爱你,黑暗中的虚无

我伫立在旷野上

想到那奔跑于旷野上的犀牛、野兔……

人类长长的猎枪

曾瞄准它们的头颅

这是多么可怕的一幕

想起这残忍的场面

我从心里祈求人们给予恩赐

还地球上万物以最初的安宁

给大海以天空的伟岸

给天空以无际的清明

给向日葵以足够的阳光

给长颈鹿以柔软的草木

我伫立在旷野上

情愿化为晚风中的圣物

让猎人迷糊,使子弹偏离方向

这是我心灵深处的期望

倘若我的心愿唤醒了万物

那么鸟儿就会自由地来一场不可替代的飞行

或许像桂树那样,从体内向外散发着香气

人们能从大自然的芳香中找回迷失的自己

万物也能在地球上得到最初的救赎

窗外,香樟树上的鸟鸣

雨停了,太阳从云开处露出了笑脸

阳光洒在窗外那棵香樟树上

也从窗口斜照在我书房的白墙、红书柜和绿萝上

枝叶间传来小鸟的鸣唱

啾啾……啾啾……

我从书页转向窗外的枝头

浓密的香樟叶在略带寒意的微风中摇摆

我的视线也在摇曳中转动

我逆光仰望

终于发现了一只黑色的红嘴雀

我激动着继续用目光寻觅

另一只也站立在枝头上鸣唱

哦,还有一只

它正透过枝叶

紧张而又好奇地对我张望

我的书房阳光充足

朝南的大窗敞开着

尽管树的枝叶和窗口紧拥着

但树上嬉戏的鸟儿们

从没有飞进我的书房

我总是盼望着有一天鸟儿能突然飞进来

让我和它们亲切交谈交谈

这个刻骨铭心的庚子年初春

因新冠病毒侵袭

近些天,我几乎都在书房度过

看着这些熟悉的小邻居

它们有着矫健发亮的羽翼

虽然近在咫尺

虽然我喜爱它们

但它们不会飞进来和我交流

是的,它们不信任我

今天,我深情地对它们说

请相信我,请靠近我

我激动的话音刚落

它们仿佛听懂了我的语言,静静地望着我

我必须把自己变成草木

与天地为一,与万物共生

才能释然它们的疑问,得到它们的信任

此刻,凝望着这些同在蓝天下的生灵

我悟出这场来自大自然的警醒

会让人们的心灵变得柔软

而我的心却生发出了难以名状的疼痛……

祖国，我的感恩之诗

金风习习，阳光氤氲

天地祥和，万物蓬勃

菊花昂扬了秋意

阅兵壮大了国威

十月闪亮起来

这个季节的所有生灵

都在风中摇曳着喜悦

他们载欣载喜

怀望仓廪，渡往高处

到处都是秋高气爽

多么美好的日子啊

我的心花正含着中国梦的馨香绽放

"中华人民共和国成立了。"

70年前的今天，一个伟大的声音响彻东方

70年的奋斗历程

70年的苦难辉煌

祖国强大了

谁能有拯救世界的气魄

把爱献给普天下

古丝绸之路复活的脚步

已跨过国与国的界限

建立人类命运共同体的构想

正如东方的太阳,必将照亮世界每个角落

此刻,十月的阳光之手

正编织着祥云和霞光

果实饱满,十月的颂词在暖芒中澄澈

秋的收获覆盖大地山河

世间的欣喜

一车车驶向百姓的心窝

而我,从丰收的谷仓里闻见芬芳的祖国

今夜,我倾听一群星子窃窃私语

咀嚼秋天的献词,九曲华章

在澄明的夜空中浩荡芬芳

我爱伟大的中国共产党

我的赤诚之心，我的信仰

用忠诚、干净、担当去铸造，去打磨

我还要蘸着月光写上：爱！

爱我可爱的祖国，爱我可爱的中华民族，爱一浪高过一浪的美好生活

我相信，一个政党可以比喻为太阳

我还相信，像太阳的政党才能引领正确的方向

日出东方，中华民族昂起伟大的复兴梦想

日出东方，伟大祖国正走向繁荣富强

日出东方，跟着太阳走，才有光明和希望

黄昏总是在身后，历史又翻开了崭新的一页

如星星般的文字记载着新时代的辉煌将闪烁永远

胡江 《春晓》 138×68cm

古体诗

读苏轼《超然台记》

无往不乐心志宽,
超然物外苦作甜。
清风明月几时有,
天高地阔诗酒间。

贺政协第十二届广东省委员会第二次会议闭幕

闻鸡起舞跨征鞍,
风雨兼程珠水边。
斑斑提案恤民生,
策策上计兴岭南。
委员笑靥传佳话,
百姓飞眉说盛年。
时代布新筑美梦,
民族复兴慰轩辕。

己亥年初春广东省委首轮巡视得句

三月花开鸟争鸣,
春风和气催人行。
回眸惜别枝头燕,
时不我待又出征。

陈湘波 《春风拂羽》 176×96cm 纸本设色 2001

咏晨露

雾绕烟凝一痕清，
夜浸花枝便有灵。
晨起漫寻枝上朵，
春梦化作点滴声。

春日即兴

惠风醒芳菲,
碧叶染春晖。
万事沧桑过,
日暮彩云归。

春夜读史

春到南楼燕鸣喜,

自怡北窗夜读史。

泱泱华夏典籍盛,

百家①要旨弘而辟。

应化解物②贯日月,

大国史鉴固社稷。

痴心千古③怀天下,

民族复兴澄清志④。

注释

①百家:指春秋战国时期兴起的子学,即儒、墨、道等学派,史称"百家"。
②应化解物:适用于教化而解万物之理,其理不竭,其不蜕。
③千古:指历史悠久、博大精深的中华传统文化。
④澄清志:《后汉书·范滂传》中"滂登车揽辔,慨然有澄清天下之志。"作者此喻是效法范滂,为营造风清气正的政治生态,实现中华民族伟大复兴而竭尽全力奋然为之!

午后，惠州西湖遇雨

午后西湖骤雨凉，
疾风劲吹水波扬。
霎时云过天开处，
依旧凭栏看斜阳。

小鸟天堂

古榕与水一生缘,
白鹭斜阳戏林间。
莫叹飞鸟隐秀色,
天人合一最攸关。

窗 外

戊戌年赴惠州公务,驻地临西湖,时而有穿湖燕啼鸣,即有感而寄。

秋风蘸西湖,
窗外莺燕舞。
耳畔闻婉啼,
胸中荡纮如①。

注释

①纮如:鼓声。

祖国六十九华诞遣怀

浩然天地云清切,

时代布新万象悦。

苍生龟鹤①无怀民②,

共享尧年③好时节。

注释

①龟鹤:《抱朴子·论仙篇》有"问者大笑曰:古人推龟鹤于别类,以死生为朝暮"。这里指幸福安康长寿。
②无怀民:传说中上古无怀氏之民。宋罗泌《路史·通禅记》:"无怀氏,帝大昊之先,其抚世也,以道存生,以德安刑……当世之人甘其食,乐其俗,安居而重其生。"陶潜《五柳先生传》:"衔觞赋诗,以乐其志,无怀氏之民欤?葛天氏之民欤?"表达了对理想社会的向往或已进入理想社会。
③尧年:指盛世。

西湖秋日放怀

苏堤之畔绿婆娑,

秋色红霞染碧波。

处处莺歌谁作曲?

蜂蝶穿花音符多。

裁片湖云作雁笺,

且将心语好风托。

连年秋上采红莲,

赤日尘尘①守真我②。

注释

①尘尘:佛教语,犹言世界。
②真我:道教语,指保持本性。

陈湘波 《秋·霜降》 48×42cm 纸本设色 2001

霜降偶得

霜来景色未萧条,
柳溢柔情花撒娇。
心怡娟月①黄昏后,
更喜明晨有鹊报②。

注释

①娟月:这里形容在"霜降"节气到来时,南方的夜空依然高挂着柔美的月亮,没有一丝寒意。
②鹊报:指喜鹊报喜。民间传说,听见鹊叫将有喜事到。

西湖秋日卯时

曙光水上照,

紫气烟波柔。

蝶戏岸边草,

风送一叶舟。

枝上洒鸟鸣,

湖中现鱼游。

无垠孤山远,

尘襟①藉清流。

注释

①尘襟:指为事业繁忙劳累着的身心。

咏惠东耕海人

渔舟耕海夏复春,
归舱不匮重逡巡①。
金钩逐浪千万里,
拽起希望日一轮②。

注释

①逡巡:徘徊不进。
②日一轮:指渔民盼望每天耕海收获幸福生活。

居西湖读《鹦鹉赋》有感

窗外西湖清,

心中荡鼓声。

今咏《鹦鹉赋》①,

何堪笑祢衡。

注释

①《鹦鹉赋》:三国时祢衡所作。因辞气慷慨而闻名于世。祢衡是当时著名的狂士,善于击鼓,相传曾在曹操面前裸身击鼓,羞辱曹操,声声悲壮,听者莫不慷慨动容。

惠州西湖观百鸟归巢

湖映夕阳半天霞，
百鸟归巢鸣喧哗。
天人合一①子思语，
江湖相忘②庄周话。
黄鹂登临千叶笑，
白鹭闹枝一树花。
如若夜深风著雨，
可怜鸟雀怎安家？

注释

①天人合一：孔子的孙子孔伋（子思）最早提出了"天人合一"的思想，即人要与自然和谐相处。
②江湖相忘：相濡以沫和江湖相忘是两种境界。庄子主张相忘江湖，他强调了天人合一和回归自然的重要性。而儒家的解释，泉水干涸了，鱼在陆地上相濡以沫，就是在困难时相互帮助，这也是一种境界。

戊戌年冬至夜语

南国冬至不觉寒,
一阳始生沐岳川。
万古今宵皆仰望,
冷光依旧照桑田。
曲径凭栏独啸吟,
无限豪情追高远。
大梦乘风平野旷,
盛世善政乐丰年。

陈湘波 《春潮带雨》 39×65cm 纸本设色 2019

元　旦

畅意山河无穷已，
上阳岁岁开新局。
列子御风浮霁色，
尧天舜日盛世立。

小 寒

节气不居小寒至,
街边古榕垂老丝。
无垠山色自凄微,
斜阳庭院寒帘闭。
知冷百虫依地蛰,
趋日翔雁长搏击。
莫叹冬来春自远,
消寒暖心一壶诗。

谒叶挺将军故居

北伐名将傲柳营,
南昌起义抒纵横。
驱寇兴国义凛然,
江南一叶铁骨铮。
今谒铁军前锋远,
更得江河后浪生。
囚歌十咏三敬拜,
崇高信仰伴我行。

己亥年元宵夜感怀

女娲炼石补青天,
清光沧桑流亿年。
无眠当是今宵夜,
东君早临驱微寒。
心醉子夜心无隐,
月到元宵月自圆。
纵有荣华浮四海,
独爱明月最怡然。

珠海观潮

海阔风高腾巨浪,
白光如柱滔天放。
纵目狂潮三千里,
豪吐诗书九万章。
襟怀天下长啸咏,
大鹏正举高天翔。
犹慨孔明吟梁父①,
直捣烟波惊龙王。

注释

①梁父:《三国志·诸葛亮传》载诸葛亮喜诵《梁父吟》,虽闲居南阳,却心系天下。

回故里吟怀

乡愁在胸梦犹真,
逝者如斯追光阴。
青苔无声攀屋瓦,
老树有意修年轮。
谁将旧日抛窗外?
我把新月领进门。
最是人间思故里,
归来依旧儿时心。

粤港澳大湾区建设感赋

湾区建设方略善,

经天纬地伫水边。

苍茫碧波云接浪,

龙腾海国三岸连。

相濡以沫共圆梦,

华夏一统定瀛寰。

"一国两制"时代韵,

中华崛起再擎天。

陈湘波 《风递幽香》 直径 33cm 纸本设色 2014

夏 至

昼晷宵漏蝉鸣喜,
向天弄曲唱云极。
问夏消息不须猜,
心怀热忱咏新诗。

夏夜感吟

雨后空阶立古榕,
夜澜感吟对熏风。
凭栏仰望淡淡月,
漫思人间悠悠情。

天涯壮心赞

急桨金湾岸,
又上石景山。
壮士气岸盛,
凭高看波澜。
纵如三鼓响,
铿然一叶坚。
为民劳筋骨,
何堪诉辛酸。
平生豪气在,
走马贯双雁。
天高任鹏举,
海阔凭鲸翻。
扫尽阴霾日,
满目尽青天。

陈湘波 《四季·夏至》 130×127.5cm 纸本设色 2011

沧海夏吟

远目大海渺弥间,
夏日斜阳戏水澜。
浪击沙汀惊鸥鹭,
信步啸吟学谢安。
更有高情追长云,
一片壮怀吞苍烟。
涛无际涯前路阔,
长风万里扬征帆。

夏荷感怀

玉骨不染尘,
高德常为邻。
见君多思齐,
修身当绝伦。

处暑偶得

处暑时节无红叶,
近观花卉有淡黄。
乡愁如寄似稻子,
粒粒盈怀满心房。

诗友同道珠海相遇即兴

朋自远方临,
相逢咏古今。
同道赋群声,
天涯知己存。
千行笔墨阑,
一生赤子心。
额上风兼雨,
心内从容吟。

开平古村落即景

暮山夕阳收,
湖水映碉楼。
古榕村口立,
美蕉结乡愁。
凤竹舞曼腰,
芦花羞白头。
黄昏人未觉,
好景贯春秋。

端午缅屈原

朝饮木兰坠露兮,
夕餐秋菊落英兮。
屈子上下急求索,
终生修名恐不立。
为国九死而不悔,
如若行星照社稷。
英灵纵隐汨罗水,
天地悠悠吟楚辞。

谒新会梁启超*故居有怀

戊戌变法震皇庭,
兼济天下意难平。
公车上书捧珠玑,
鼎新革故九州惊。
胸有华章耀星汉,
笔卷长风起青萍。
砚中墨色今犹在,
后世仍有万代名。

注释

*梁启超(1873—1929)是我国近代著名的政治家、思想家、史学家、文学家。他言传身教,九个儿女三个院士,并各有成就和建树,与他们的父亲一样有爱国心,为国家做出了贡献。

战友相逢遣怀

比邻陌路疏离久，
天涯流年思战友。
柳营往事心未已，
仰天长问浮轻愁。
今宵略倾壶中意，
月醉星醺胡笳悠。
军中情怀常啸吟，
赤心含德孺子牛。

胡江 《金山神韵》 189×48cm

珠江秋夜吟

江涵秋影逝东流,
濯缨濯足同浮舟。
千重浪白横水面,
一点烟青涨沙洲。
南岸灯远隐孤塔,
北市风近摇榕秀。
又是夜阑人不寐,
浩歌啸吟意悠悠。

秋日遣怀

一缕金风一抹云,

秋荷纤纤不染尘。

鸿雁掠空空纳影,

蜻蜓点水水拂纹。

桂影扶疏摇盈虚,

豪吐诗章啸胸襟。

岁岁秋回多少度,

汉书下酒①家国心。

注释

①汉书下酒:借用北宋学士苏舜钦"汉书下酒"的典故以寄怀。

重阳赏菊

雁去霜来姿烂漫,
笃信花期妆秋颜。
不随桃李趋炎势,
独立金风香尘寰。

秋露吟怀

萧然新寒凌碧树,

羸弱秋阳暖不足。

身轻不叹未成霖,

慰藉秋禾一露珠。

参加广东汉剧电影《白门柳》*首映式有述

秦淮歌诗如是①风,

芳名才艺贯金陵。

大儒②雅怀沾月色,

结伴娇娥福禄增。

斜飞云袖横飞火,

园满柳絮路满兵③。

心洁抱恨殉国去,

一池碧荷叹人生。

注释

★《白门柳》为刘斯奋先生所著,曾获茅盾文学奖。主角柳如是扮演者李仙花,现任广东文联专职副主席,戏剧"梅花奖"两度获得者,著名艺术家。

①如是:即柳如是明末清初女诗人,江南著名歌妓才女。当清兵入关时,她拼尽全力赞助抗清义军,最后跳入荷池以身殉国。她有着强烈的爱国民族气节和政治抱负,被后人所称赞。

②大儒:指钱谦益,他娶了柳如是后,官运亨通,升任南明礼部尚书。他是东林领袖、明朝大才子,修订《明史》。清兵入关后,他弃明降清。

③路满兵:指清兵来势凶猛。

小雪吟

冬色清寒瑟瑟时,
小雪节气又吟诗。
街心花枝隐香韵,
溪边芦叶盼梦期。
夜半北窗窥帘月,
孤身书海寻梅姿。
赋词当咏今朝好,
难忘琵琶旧时曲。

胡江 《不畏艰险者》 34×34cm

慕尼黑遇雪

笑逢盛世跨洋洲,
恰遇异国雪姿悠。
天涯寒花千般美,
诗心已醉志未休。

冬至(二首)

一

冬深寒气重,酒醺豪气生。

风尘三尺剑,红炉煮诗情。

二

去年冬至来临时,我应时节赋赞诗。

今日冬至又复来,痴情还吟去年诗。

元辰抒怀

桃红李白映新日，
满目生机盎海宇。
旖旎气象风月好，
兴随蜂蝶趁佳期。
彩霞万树枝生暖，
和鸣千鸟耳畔啼。
尧天舜日舒锦绣，
上阳新岁赋新诗。

港城临窗观海

苍穹空明临窗瞰,
长波浩荡弥望眼。
巨浪翻腾凭风起,
鸥鹭振翅缘水宽。
惊涛豪卷千堆雪,
细沙平铺万顷滩。
海纳百川尚成阔,
人格万物方致远。

大寒即吟

风啸大寒至,
云开霜离枝。
低眉玉柳羞,
放怀吟梅诗。

庚子年元宵夜思

冠疫恣肆虐赤县,
庚子春迟只觉寒。
人生诚似长江水,
几回碰壁几回环。
心悲子夜忧苍生,
初望万家盼团圆。
政令民谋灭疫日,
春光融融艳阳天。

陈湘波 《东风信》 64×64cm 纸本设色 1995

居家吟

水随云去春无际,
老酒多赊思淋漓。
梦里旌旗常麾动,
且吟梁父煮小诗。

春分拾句

三月河开鸟阵鸣，
人间迎来春之声。
和风融融散阴霾，
百花簇簇引蝶蜂。
至此疫情近寂然，
大梦初彻醒心灵。
世人皆为远行客，
前程有雨也有晴。

清明寄北

泪滴春衫清明临,

凭栏北望故乡频。

柳榆取火催寒食①,

千里遥寄怀祖心。

注释

①寒食:指寒食节,在清明节前一天。古时有寒食节这一天禁火的民俗。

清明凭吊

深切悼念因疫情逝去的烈士和同胞

举国哀悼降半旗,
江河呜咽山川泣。
抗疫九死皆不悔,
白衣逆行感天地。
此瘟旋过涌忠骸,
但约清明吊国祭。
万物有灵泪当歌,
乾坤无极周复始。

垄上行

和风徐徐垄上行,
碧野悠悠小溪清。
林间黄鹂寻花路,
陌上春光洒诗情。

钟耕略 《石榴香溪》 45×60cm 油彩 麻布 2014

陈湘波 《江涵秋影》 45×66cm 绢本设色 2012

词

鹊桥仙·谒惠州东坡纪念馆

烟隐松竹,黄英浥露,东坡往事谁诉。
凉天佳月俗尘清,三家步[①]、苏堤如故。

宦海沉浮,铿锵词路,天涯人归何处。
佳句又伴月婵娟,应未把、秋光辜负。

注释

①三家步:在苏东坡的诗里谓之很小的地方,这里指惠城。

念奴娇·读《东坡寓惠集》有感

李贻伟先生赠吾《东坡寓惠集》一册,浣诵后有感而赋。

历遍春秋,孰堪俦,钦歆辞章泰斗。
万卷诗书纳风云,岂羡当时晏柳①。
苏词磅礴,光前裕后,一代开宗手。
横绝六合,扫却亘古怜柔。

豪情荡涤哀愁,敲金戛玉,啸傲鹦鹉洲②。
空灵蕴藉才气盛,宦贬天涯独秀③。
坦荡胸怀,任天而动,余子瞠乎后。
坡仙超然④,乘风兴作龙吼⑤。

注释

①晏柳:指宋代词人晏殊和柳永。
②鹦鹉洲:三国时祢衡曾作辞气慷慨的《鹦鹉赋》,逝后葬地人称鹦鹉洲,即湖北汉江边。此指苏词的豪放压倒了慷慨闻名的《鹦鹉赋》。
③宦贬天涯独秀:指苏公一生宦海不得志,不停地被贬多地任职,但其精神不倒,终生怀着兴国定邦为民之志。
④坡仙超然:人称苏公为坡仙。刘熙载《艺概》评苏词除大气豪迈之外,还具神仙出世之姿。
⑤乘风兴作龙吼:乘风,苏公《念奴娇·中秋》"便欲乘风,翻然归去,何用骑鹏翼"句。这里指苏公追求自然自适,而无须借助《庄子》中的那个大鹏之力。表现了苏公一生超然物外的清旷之气。龙吼,指苏词气势豪放,为词的发展开辟了新的天地,一改晚唐五代以来的文人柔靡纤弱的词风,堪为豪放词派的创始人。

金缕曲·离别惠城寄贻伟先生

因公务居惠州西湖三月余,离别之际,蟠胸万感,且倚西湖一寄之。

朔风西湖起。

正初冬、沧波深处,清渍沸日。

效苏公词冠春秋,人生不畏风雨。

至此地、鹊朝鹭夕。

陌上尘轻回马后,叹人生、作孽必毁誉。

名和利,浮云耳。

万缕人事从容履。

向天涯、书剑啸傲,丹心赤子。

穿林跨壑知微著,篦月筛星辨伪。

施善政、六合玉宇。

喜看黄鹂啼新枝,待归来、备得鲈鱼脍。

聊诚语、为君记。

青玉案·元日

融风①布暖花满树,紫燕来、画楼故。
大好春光谁与诉?
千家欢庆,美酒围炉,惬意乐万户。

问君可识春归路?云和②再鼓双蝶舞。
岁尽方知家最好,
几度共剪?几度同斟?心期天下睦。

注释

①融风:冬末春初的东北风,也称条风。
②云和:《周礼》"云和之琴瑟",云和成为琴瑟等乐器的代称。

清平乐·庚子二月二

时逢龙日,跃渊皆大吉。
春来龙腾九天高,寄我天涯诗稿。

神州防疫正酣,夜深切莫凭阑。
人顺自然意续,天下自可平安。

陈湘波 《谷雨迎新生》 94.5×74.4cm 纸本设色 2016

西江月·春望

凭栏望穿春色,触目几许沧桑。
杨柳烟外洒斜阳,莺燕穿枝腾浪。

江山盛妍信美,虽有春威①何妨。
心明自会解丁香②,何堪茫茫万象。

注释

①春威:"倒春寒"。
②丁香:古时把丁香的花蕾称为丁香结,以比喻愁绪郁结难解。

采桑子·春日访花

草熏鸟鸣春意闹,杨绿杏红。
柳絮蒙蒙,笃信花期天注风。

垄上归来日渐晚,星垂疏影。
月染帘栊,花香满庭溢梦中。

水调歌头·己亥年初六登白云山

春阳散岚霭,媚色布满山。
登高远眺,祥云微度连远天。
弥漫浩然正气,万里翻飞风韵,浮动珠水边。
嗟尔狂澜势,滚滚叠层峦。

春犹早,人雍闲,咏花笺。
畅意河山,东君暖律燎烟敛。
处在新梦时代,九州谋同德协,好景兆丰年。
振衣白云外,胸襟昊天蓝。

朝中措·伶仃洋怀古

登临远目洪波涌,万里狂澜中。
凭栏天涯怀古,人间几度春风。

伶仃洋上,古今同慨,浩叹伶仃。
今效文公高节,胆肝又照汗青。

行香子·春远夏临感怀

列星随旋,日月递然。
复行行、黄道之间。
无始无终,
无近无远。
这一季季,一天天,驰流年。

马嘶长途,横跨征鞍。
矜豪纵、天涯奋然。
吹角万里,立地顶天。
扶摇清都①,借银河,洗尘寰。

注释

①清都:传说中天帝的宫阙。

关河令·惜春

桃月槐序欲尽时,惜柳絮飘零。
伫听蝉鸣,绿竹扶夏影。

深知春离岑寂,但喜爱、诗书啸吟。
茗香酒兴,激情消夜永。

胡江 《加州福德牧场的灯塔》 46x68cm

临江仙·立夏夜在海边

天意常新节气分,又见南风夏影。
短赋长吟天涯行,海阔舒襟胸,夜阑听涛声。

大海有韵调鸣瑟,热泪几度蒙胧。
万物有形人有宗,烟远长豁眸,浪高气填膺。

捣练子·夏

入伏天，蝉声烈，
梦醒莫叹夏情绝。
昨夜酒醺诗做伴，
唤起心语寄星月。

苏幕遮·夏雨

雨啸鸣,烟云蒸。

江河奔流,激雷荡千重,狂涛百丈苍波涌。

浩浩旷野,万里龙卷风。

六合昏,天地近。

蓦地疫临,口罩遮腮深,更知灾难无处问。

天若有情,夏雨灭冠瘟。

卜算子·知夏

夏惹千山黄,草木阑珊①伤。
昨夜雷鸣骤雨急,应是除霾浪。

洗涤天下锈,玉宇万里香。
慷慨人生三百年,蹉跎铸雄狂。

注释

①阑珊:将尽、衰落,词中指春意将退。

定风波·从戎感赋

1976年岁末,我成为中国人民解放军基建工程兵的一员。我所在的部队在粤北大庾岭脚下,每每回忆这一神圣的从军经历,我便自豪无比,荣光不负一平生。

大庾岭中卧风烟,祖国宝藏重泰山。
欲把铀矿变军品,犹记,十万大军旌旗展。

万里神州谁敢觊?神器,"两弹一星"震海天。
勿使霸权蒙世界,复兴,笑傲环瀛华夏天。

沁园春·九日*赏菊

菊有黄华,百卉独秀,艳压九州。
自东晋①位显,唐宋承露,群妃羞面,皇上凝眸。
朝野倾心,百姓崇仰,万花之尊佳话留。
千年过,看娇颜依旧,尽显风流。

从容阅历春秋,逢新雨,初苞探翠楼。
看岭南地暖,遍野锦绣,山前湖畔,妍绝芳洲。
织乌②过隙,寒暑环周③,今效陶公赏菊游。
迎旭日,正佳辰重九,芳菊醉秋。

注释

★九日:重九,重阳节。
①东晋:指东晋陶渊明爱菊,因其名望使菊的地位从此也倍加显赫。
②织乌:太阳。宋赵令畤《侯鲭录》卷二:"织乌,日也,往来如梭之织。"
③环周:循环往复。张华《励志》诗:"四气鳞次,寒暑环周。"李善于其句下注释有:"周回如循环,未始有极。"此感叹岁月如梭,转眼又是重九。

陈湘波 《四季·秋风》 143×156cm 纸本设色 1994

踏莎行·惜别珠海

　　在珠海三个月结束公务之际,又恰逢立秋,离别时借踏莎行而吟怀。

斜阳熔金,鸣蝉隐柳,时光又复立秋候。
凭栏再望大海流,狂潮舒卷几时有?

风雨兼程,情怀依旧,一阕夏远一阕秋。
今驭长风荡病树,删繁就简萧瑟后。

临江仙·湖边秋韵

又是一年秋意好,湖边玉笛柔情,
岸上垂柳依梧桐,黄鹂轻诉梦,绿水荡船红。

匀墨待为调锦瑟,热泪几度蒙胧,
亭台西畔画墙东,
佳词依旧在,往事烟雨中。

念奴娇·中秋

皓月凌空,唤无限豪情,今夕何夕。
万古良宵皆仰望,把盏纵横心思。
玉宇琼楼,高处凭栏,琴幽樵人知?
秋影不居,冷光依旧奇丽。

独立珠江啸吟,滔滔逝水,谁解心中意?
万里长风催征鸿,耳边再荡纨如。
三尺龙泉,千首辞赋,恤民作小构。
黎庶称觞,梦中绵绵甘露。

喝火令 · 三十年同学相聚

老酒品香气,新茶唤心语。

时光又复高秋日。

正是影从心纵,剪剪眸光遇。

沧桑赐痕迹,情怀依旧是。

人与西风瘦几许。

再忆往昔,经年若梦里。

相见仍似初遇,隐约还是你。

卖花声·立冬感怀

　　正值十二届广东省委开展第五轮巡视之际,恰逢己亥年立冬节气,故作此词以寄怀。

朔风上眉端。阵阵轻寒。

夜寂万籁倚愁眠。

休说秋宵无寐影,冬已凭阑。

北窗漾灯盏。帘外星淡。

闻鸡起舞披霜烟。

卷罢穰苴①带吴钩②,雄跨征鞍。

注释

①穰苴:本姓田,春秋时齐国人,善治军。齐景公因他抗燕、晋有功,尊为大司马,史称司马穰苴,著有兵法若干卷。

②吴钩:指利剑。

渔家傲·歌德*故居吊文豪

法兰克福文曲曜,美因河浪门前啸。
幸得童髦岁月好,
书通晓,日月经天光灿绕。

当年欧洲谁识宝?《少年维特之烦恼》。
世界声音从此高,
情未了,一代诗哲明灯照。

注释

★歌德:1749年出生于德国美因河畔法兰克福的一个富裕家庭。德国著名思想家、文学家、科学家。他不朽的传世之作是《少年维特之烦恼》和《浮士德》。1774年《少年维特之烦恼》问世,轰动整个欧洲乃至全世界。歌德提出了"世界文学"的概念,是世界文学领域的一个出类拔萃的光辉人物。他于1832年病逝,临终遗言是:"给我更多的灯吧。"这体现了一个大文豪的乐观精神。

陈湘波 《时闻风露香》 68×68cm 纸本设色 2006

捣练子令·冬夜维也纳听小提琴

冷月低,寒星昏,
金色大厅人抱琴。
人类文明无国界,
美美与共赏清音。

水调歌头·访三亚鹿回头*

坡鹿回首看,情寄天涯边。
鹿岭几许恬寂?满目皆人山。
壁挂椰林幽韵,洞掩浮岚缥雾,路转小亭前。
轻舟逐白浪,灰鹭鸣蓝天。

雕鹿矗,红霞飞,晚来烟。
人间仙境何在?更有海角天。
凭栏远眺云水,遥思猎男鹿女,千古爱缠绵。
今宵云遮月,十五又重圆。

注释

*鹿回头:讲的是五指山一个黎族青年的美丽爱情传说。鹿岭是金鹿的化身,故此地以传说命名。

庆春泽·春节

杨柳丝丝,梅妆浅浅,又逢新春佳期。
天地悠悠,春燕喜鸣盛世。
花动羊城满眼春,系扶桑,日子甜蜜。
望神州,政者民气,江山雄丽。

往昔沧桑可曾记,百花怨春迟,杜宇晚啼。
时代布新,春晖普照大地。
脱贫黎庶正称觞,长风劲,东方龙举。
看今朝,莺歌燕舞,尧天舜日。

长亭怨·灭冠疫

新冠毒、肆虐荆楚。

阻疫封城,举国筹谋。

八方施援,九州同慨灭瘟疫。

医者无私。

军警民、齐倾力。

渡风雨同舟,党坚强、优越制度。

世间,问何时何处,可见眼前一幕。

物流似箭,人如注、涌向鄂府。

望神州、扛鼎逆行,更可贵、人人我无。

唯愿人康健,再咏《天问》醒世。

鹧鸪天·春殇

天地苍茫瑟瑟时，霜风冷雨滴寒枝。
霾袭春色伤桃蕊，蜂蝶悲吟过柳堤。

兰芷闭，杜鹃稀，海棠无眠鹧鸪泣。
今朝画眉鸣江树，昨日妖氛[①]君须记。

注释

[①]妖氛：古时称瘟疫为妖氛。

水调歌头·读《卜居》*有怀

端午拨心弦,读《卜居》骚篇。
八大诘问①,忠廉星斗照人寰。
骋眸岁月千载,今知刘向玄语,携卷唱屈原。
效正言不讳,彰君子风范。

文载道,诗言志,壮怀远。
平生志向何处?心系社稷安。
目无杜曲桑麻②,胸有黎民江山,求索路漫漫。
古今贤达人,舍我荐轩辕。

注释

★《卜居》:《楚辞》中的一篇。被清代吴楚材、吴调侯收录到《古文观止》中。
①八大诘问:《卜居》中屈原提出的八大问题。
②杜曲桑麻:辛弃疾在《八声甘州》词中引用杜甫《曲江》诗。意为不学杜曲种植桑麻去过隐居生活。

行香子·我的诗心

纵横万里,星驰铁骑。
复行行、夜以继日。
家国情怀,丹心剑气。
这一首首,一句句,赋槊诗。

翘勇长驱,何惧风雨。
壮怀远、吟咏豪举。
淋漓醉墨,我的诗意。
词情将略,长啸傲,超然气。

胡江 《金沙水拍云崖暖》 198×98cm

后 记

当看到这本诗集的校样时,"世间有你真好"这几个温情暖人的大字映入了我的眼帘。作为书名,在这里有必要再补记之。

庚子年的严冬是凝滞的,中国大地上,街无车马、水无舟船,千户闭门、万巷空寂。一种新型冠状病毒突如其来地袭击中国乃至世界。短短几个月内,疫情在全球肆虐蔓延,使成千上万人不幸感染了病毒,有的甚至已被夺去宝贵的生命。

"莫道浮云终蔽日,严冬过尽绽春蕾。"当下的祖国大地,山河同春,家国同心;春和景明,万象更新。正是华夏山河无恙,风景这边独好!然而,我们决不能忘记,在举国有序抗疫的背后,是党中央的坚强领导和国家优越制度的体现;决不能忘记,岁月静好的背后,是用生命守护家园的英雄儿女在负重前行;决不能忘记,山河无恙的背后,是一方有难、八方支援的大爱精神在不断彰显。

这本诗集适逢这样一个特别的时候出版，是意味深长的。在后疫情时期，人们除了从医学、生物学、病毒学等方面加紧研究如何预防控制病毒的传播，同时也正在从人与自然界的关系方面反思人类自身行为的科学性和合理性。人类已经认识到，这场灾难与生态失衡、环境恶化，人们的不良生活方式、饮食习惯紧密相连。一言以蔽之，人类对自然界的征服和侵犯到了一定极限，自然界就必然会惩罚人类，这是人类演进的漫长历史得出的一条颠扑不破的真理。

我们通过对这场灾难的反思，将警示人们必须更加重视"资源环境"和"生态环境"。进入新时代，党中央把生态文明建设提到了议事日程，党的十八大以来，又上升到与经济建设、政治建设、文化建设、社会建设成为"五位一体"的治国方略。人与自然和谐相处已是当下迫在眉睫的重大课题。

将开篇之作"世间有你真好"命名为本诗集的书名，以此来记录、致敬——举国抗疫的人民战争。

为什么我的诗作总是紧跟时代，赞盛世、咏先贤、关国运、重民生、敬自然、爱事业，并一以贯之地抒发爱国益民之情？我认为诗人必须"胸怀国事，心忧民瘼"，与民众同心同德，方能其道不孤。没有以国事、民生、时代为背景的作品，可能也会有炽热，但总是不完美的。每个人的内心都是一个充满无限可能性的容器，而事实上，即便是很有成就的诗人，有时也常常局限在自己的方寸之地。我时常有这样的担忧，总觉得自己错过了很多，孤悬在天边的时光之外。但是，当我把人类、国家、民族、事业、民生放在内心衡量时，我感到了一种心安、一种踏实、一种完整。即使走向旷野，把辽阔壮丽的大自然收入眼底，但家国情怀在大自然的见证下，依然溢出笔端。

当这本诗集即将付梓之际，我怀着十分欣慰的心情告诉读者，本书依然是车之双轮、鸟之两翼。与以往一样将中华诗词和现代诗辑为一册，目的在于互补与共建。因为长期以来，在诗学界，两种诗体之间缺少相互沟通和理解，都过于各自为重，自以为是。我认为，只有当现代诗与古体诗词同气连枝，才能共同构建出中国诗坛的绚丽风光。我一直这样坚守着、探索着、前进着。

本书的出版，得到了花城出版社的关心和支持，在这里对肖延兵社长、蔡彬副社长、许泽红编辑，设计师姚敏、李玉玺，还有钟耕略、陈湘波、胡江三位画家谨致谢忱！

我在每本书的后记中都会写到，为了超越今天，我必须做出新的尝试。因为我非常喜欢"雄关漫道真如铁，而今迈步从头越"的诗句。一直把此诗句作为我人生的座右铭，无论做人、做学问、做事业，都要坚定理想信念，即使雄关如铁，也要勇往直前，也要超越自我，也要迈步从头越。

我常常这样想，今天依然这样想，真的这样想。

2021年1月23日于出差途中